我的邻居是魔法师

[韩]许佳岚 著　[韩]金理祚 绘　千日 译

中信出版集团 | 北京

目录

第一章 印先生　1

第二章 高先生　10

第三章 曲先生　21

第四章 月小姐　32

第五章 被复印的苍蝇　42

第六章 讨厌树木　52

第七章 喜欢香蕉　60

第八章 参观店铺　65

第一章
印先生

印先生是一位魔法师。

以前世界上生活着很多魔法师，而现在没剩下多少了。仅存的魔法师们住在繁华的城市里，夹在普通人当中过着普通人的生活。

印先生擅长复制类的魔法，所以他经营着一家复印店。

有一天，印先生出门去了，可是他忘了锁店铺的门。

一只猫咪从门缝悄悄爬进店里,然后轻轻地跳到了复印机上,因为所有的猫咪都喜欢往高处爬。

这时,复印机突然发出嗡嗡的响声。

好神奇啊,房间里居然多出一只猫咪!

这时,印先生回到了店里。

"原来是一只猫咪。"

可是他马上发现不是一只猫咪,而是两只,两只一模一样的猫咪,连名牌上的名字也一模一样。

"天哪!猫咪居然把自己复印了!"

印先生感到很为难。

一个女孩正在寻找自己的猫咪。

她走进复印店,马上发现了自己的猫咪。

"小黄原来在这里啊!"

印先生想把猫咪还给这个女孩,可是他不知道该把哪只猫咪还给她。

闪 闪

嗡 嗡 嗡 嗡~

注⚠️意

除主人外，禁止任何人操纵机器，因为会发生奇怪的事情

女孩问道:"哪只猫咪是我家小黄呢?"

印先生皱着眉头,向她道歉:"怎么办呢?猫咪被复制了!"

"就没办法分辨哪只是我家小黄了吗?"

"是啊!因为我的复印机能把东西复印得一模一样。"

女孩想了想,然后大声说道:"对了!我们家小黄的尾巴上有九条横纹。"

印先生和那个女孩一起数了数猫尾巴上面的横纹,可是两只猫尾巴上的横纹不多不少都是九条。因为复印机把猫咪尾巴

印先生的复印店

彩色复印　　高速复印　　装订
传真　　　　覆膜　　　　扫描

上的纹路也复印得一模一样。

女孩又想了想，然后说道："对了！我们家小黄喜欢吃鸡蛋布丁！"

印先生到布丁摊买来了两个鸡蛋布丁。

可是两只猫都喜欢吃鸡蛋布丁，因为复印机连猫咪爱吃布丁的口味也一并复印了。

"对了，我家小黄讨厌人摸它的脚底板。"

印先生和女孩一起摸了摸两只猫咪的脚底板，两只猫咪同时伸出爪子，露出了锋利的趾甲，因为复印机连猫咪不喜欢被摸脚底板的习性也复印了。

无可奈何的印先生满脸愁容地说道："怎么办？复印机把它们复印得一模一样……"

女孩一言不发，静静地站在那里。突然她大声喊道："对了！我喜欢小黄，小黄也喜欢我！"

女孩边打开店门边说道:"愿意跟着我回家的猫咪,肯定是小黄!"

见女孩出门,其中的一只猫咪跟在了她身后。

还好,复印机没有把猫咪对女孩的感情也复印出来。

印先生望着留在店里的猫咪说道:"你要不跟我一起生活吧!"

"喵！"猫咪回答道。

从那天开始，这只猫咪就和印先生生活在一起了。

不过，印先生严禁猫咪跳到复印机上面，因为猫咪嘛，有一只就足够了！

第二章
高先生

高先生也是一位魔法师，他擅长跳高类的魔法。

所以，高先生开了一家跳跳杆商店。

有一天，一个矮个儿的男孩走进了店门。

"叔叔，您家有能跳得很高的跳跳杆吗？"

"跳多高的呢？"

"鞋柜那么高的！"

高先生给男孩拿了一个蓝色的跳跳杆。

男孩跟高先生租了这个跳跳杆。

第二天,那个矮个儿的男孩又来了。

"叔叔,您家有能跳得很高的跳跳杆吗?"

"跳多高的呢?"

"树枝那么高的!"

高先生给男孩拿了一个黄色的跳跳杆。

男孩跟高先生租了这个跳跳杆。

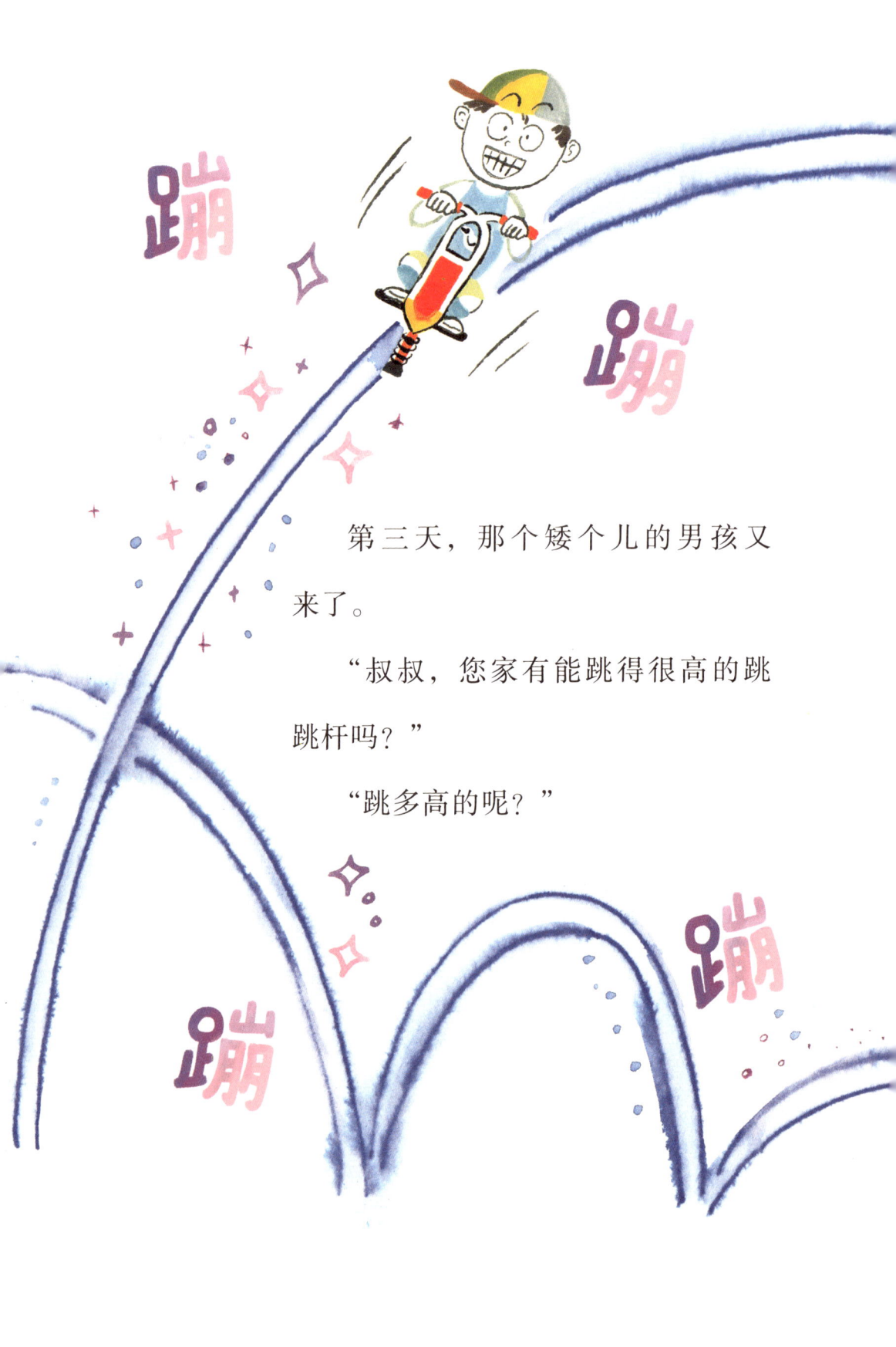

第三天,那个矮个儿的男孩又来了。

"叔叔,您家有能跳得很高的跳跳杆吗?"

"跳多高的呢?"

蹦

老高跳跳杆商店

销售·出租

"房顶那么高的！"

高先生给男孩拿了一个红色的跳跳杆。

孩子跟高先生租了这个跳跳杆。

第四天，三个高个儿男孩走进了店门。

他们一脸使坏的样子，说："叔叔，您家有能跳得很高的跳跳杆吗？"

"跳多高的呢？"

孩子们交头接耳，商量道："这次要送到多高的地方呢？"

"说来也奇怪！那家伙每次是怎么把鞋拿走的啊？！"

"这次要藏到更高的地方，让他再也拿不下来！"

"好的！这次要把装鞋的袋子藏到广场的高塔上面，这样他就拿不下来了！"

孩子们跟高先生说:"要一个能跳到广场那座高塔上的跳跳杆!"

高先生给他们拿了三个黑色的跳跳杆。

他们拿着跳跳杆来到广场上。

"咱们来试试这个跳跳杆到底能蹦多高。"

说完他们踩了上去。

啾!

只一下,跳跳杆就把他们送到了塔尖上。

"哇!蹦得真高!"

"看来这是一个魔法跳跳杆！"

这时，砰的一声，三个跳跳杆突然消失不见了。

他们吓坏了，抱着塔尖上的石柱哇哇大哭。

"呜呜，好害怕啊！"

"呜呜，救命啊！"

这时正在广场上巡逻的消防车发现了他们，消防员叔叔们支起云梯把他们从塔尖上抱了下来。

回家后，三个孩子被家长狠狠地训了一通，大人们当然不相信他们是用跳跳杆一下蹦上去的。

当天晚上，那个矮个儿的男孩又路过高先生的魔法跳跳杆商店。

高先生问他："今天还需要借跳跳杆吗？"

"今天不需要了，今天我的鞋没被他们抢过去。"

他向高先生展示了手中装鞋的袋子。

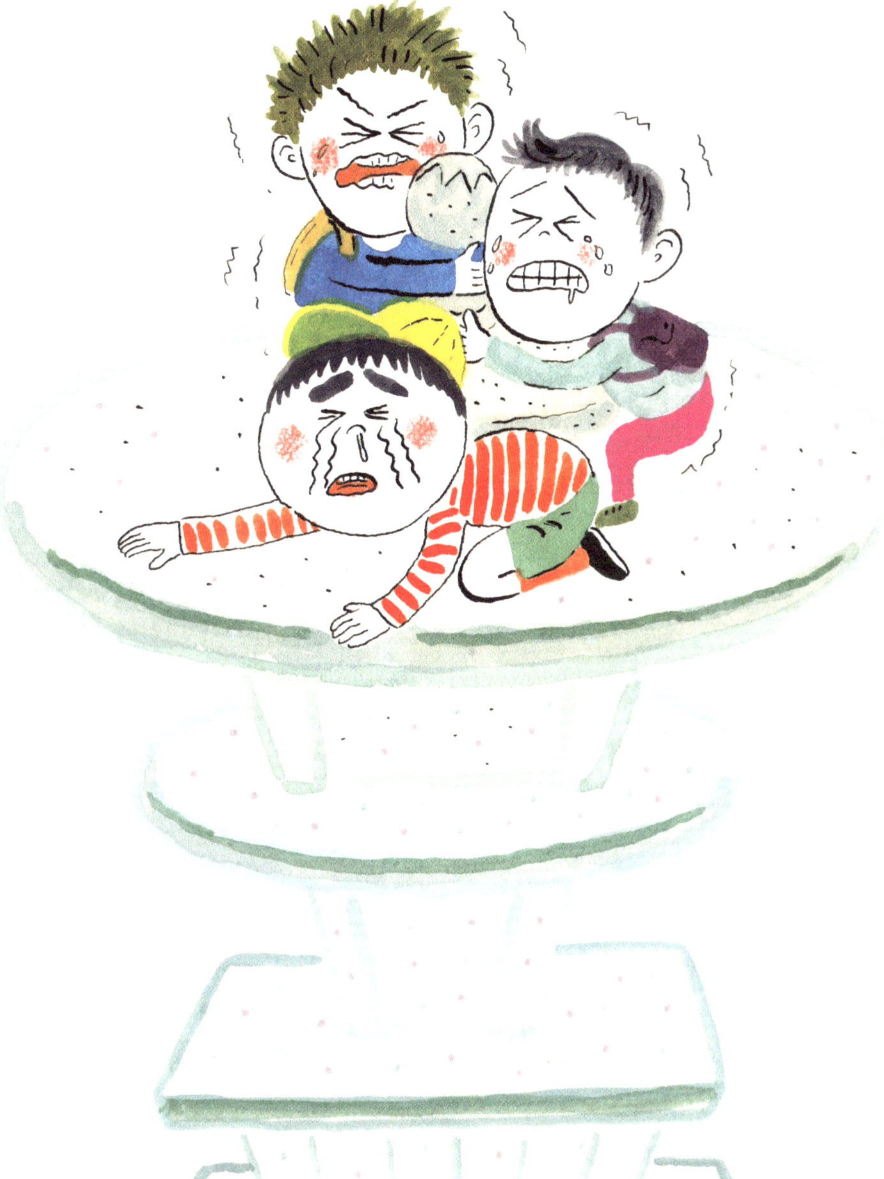

"说不定哪天再需要……"

高先生微笑道:"以后,你肯定再也不需要跳跳杆了!"

第三章
曲先生

曲先生也是一位魔法师,他开了一家香蕉店。

店里没有客人,只有一群苍蝇在嗡嗡乱飞。

但曲先生不担心,因为饿了吃几根香蕉就可以了。

香蕉可以生吃,可以烤着吃,可以油炸吃,可以做成香蕉干吃,也可以冷冻起来像吃冰激凌那样吃。

曲先生心想:得亏没开西瓜店,因为和香蕉

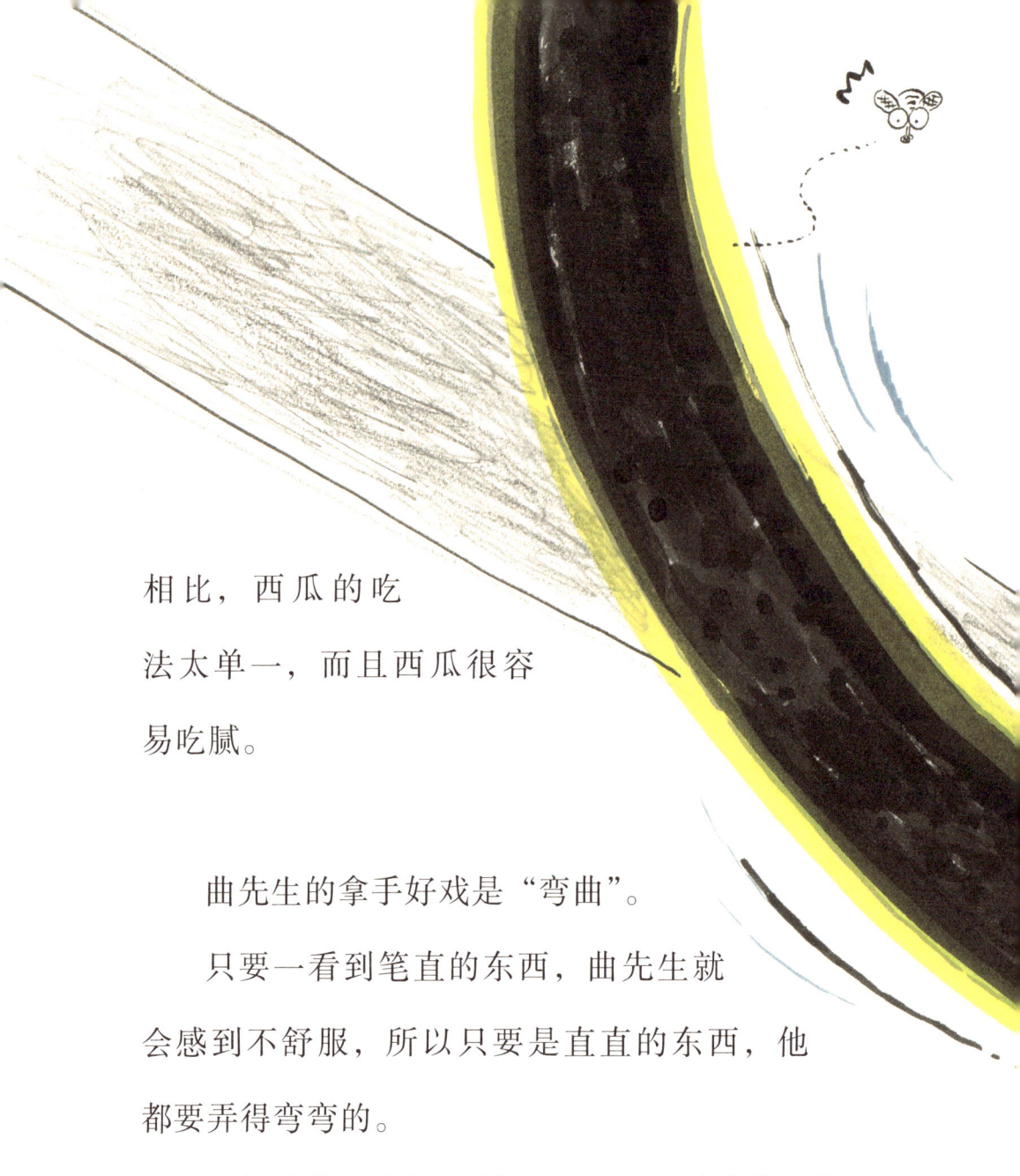

相比，西瓜的吃法太单一，而且西瓜很容易吃腻。

曲先生的拿手好戏是"弯曲"。

只要一看到笔直的东西，曲先生就会感到不舒服，所以只要是直直的东西，他都要弄得弯弯的。

还好香蕉是弯的，所以只要一见到香蕉，他就感到开心。

这座城市里，有一个著名的课外辅导学校。

每天放学后,孩子们都三五成群地去这个辅导学校继续学习。

从上学的学校到辅导学校的路笔直笔直的。

曲先生看到这条路就气不打一处来,所以用魔法把这条路变弯了。

和往常一样,从学校去往辅导学校的孩子们

走上之前走的路，但走着走着他们居然迷路了。他们顺着弯曲的马路走进一个胡同，发现了一块小小的草坪，在草坪里他们又发现了蚂蚁和蚂蚱。

他们坐在草坪上，和蚂蚁、蚂蚱玩了一会儿。

然后又沿着弯弯曲曲的马路向辅导学校走去，结果正好在下课时间赶到了那里。

辅导学校的校长大发雷霆："你们怎么迟到了？不是跟你们说放学后马上赶过来吗？"

"我们是马上赶过来的啊！可是中途迷路了，绕了很长的路才过来的。"

没办法，看来只能缺课一天了！

第二天放学后，孩子们马上朝着辅导学校走去。

可是，路又弯了。

孩子们在胡同里乱窜，发现了一小片树林，又在树林里发现了黄莺和啄木鸟。

孩子们在树林里玩了一会儿，然后沿着弯弯曲曲的马路向辅导学校走去，结果正好在下课时间赶到了那里。

辅导学校的校长又大发雷霆："你们怎么迟到了？不是跟你们说放学后马上赶过来吗？"

"我们是马上赶过来的啊！可是中途迷路了，绕了很长的路才过来。"

没办法，看来只能又缺课一天了！

第三天，一放学孩子们就想到应该马上去辅导学校，因为再迟到，校长肯定又会暴跳如雷！

可是，路又弯了。

他们在胡同里徘徊，发现了一个荷花池，又在荷花池里面发现了鲫鱼和水黾。

孩子们在荷花池边玩了一会儿。然后沿着弯弯曲曲的马路向辅导学校走去，结果正好在下课时间赶到那里。

辅导学校的校长果然再次大发雷霆:"你们肯定又说中途迷路了对吧?骗我一次两次可以,这次我不会再被你们骗了。你们肯定是去什么地方玩完再过来的,我没说错吧?"

"不是的!下课后我们是马上赶过来的啊!可是中途路变弯了,然后我们就迷路了!"

"胡说!明天放学后你们在学校门口等我,我过去把你们接过来!"

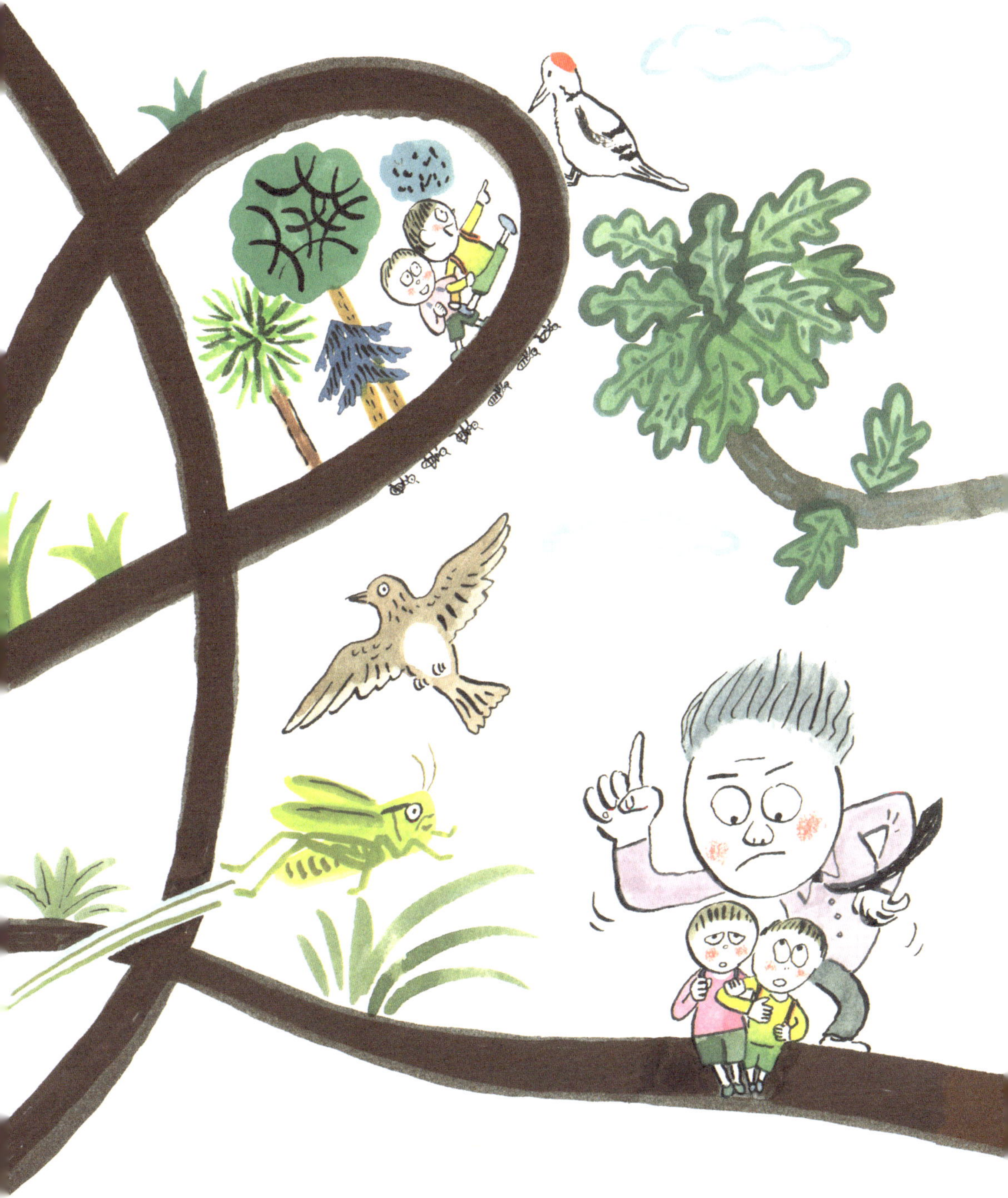

第四天放学后，孩子们在学校门口等着辅导学校的校长。

他们和校长一起向辅导学校进发，可是路又弯了。

在一条不知名的胡同里乱转一通后，他们终于来到了一小块草坪。

"校长，这里有蚂蚁和蚂蚱！"

"蚂蚁和蚂蚱有什么可看的啊？！怎么才能从这里走出去呢？"

他们继续走啊走啊，来到了一小片树林。

"校长，这里有黄莺和啄木鸟。"

"黄莺和啄木鸟有什么可看的？这条路怎么这么弯曲啊？！"

他们继续走啊走啊，来到了荷花池。

"校长，这里有鲫鱼和水黾。"

"鲫鱼和水黾有什么可看的？我们马上要迟

到了！"

忍无可忍的校长先生随手捡起一块小石头抛进了水池里。

扑通！

鲫鱼和水黾迅速逃走了。

他们继续走啊走啊，终于来到了辅导学校，可刚好又是下课时间。

孩子们弯腰向校长先生敬礼，然后转身各自回家了。

校长先生干瞪着眼，一句话也说不出来。

第五天，孩子们又迟到了。

大人们觉得孩子们不能从辅导班中学习课外知识，便不再续费了。

所以，没过多久这家曾经大名鼎鼎的辅导学校便关门大吉了。

从那天起，下课后孩子们不用马上去辅导学校继续学习了。

取而代之的是在弯弯曲曲的胡同中，在草坪上，在树林里，在池塘边开心地蹦蹦跳跳。孩子们学到了很多在辅导学校里学不到的东西。

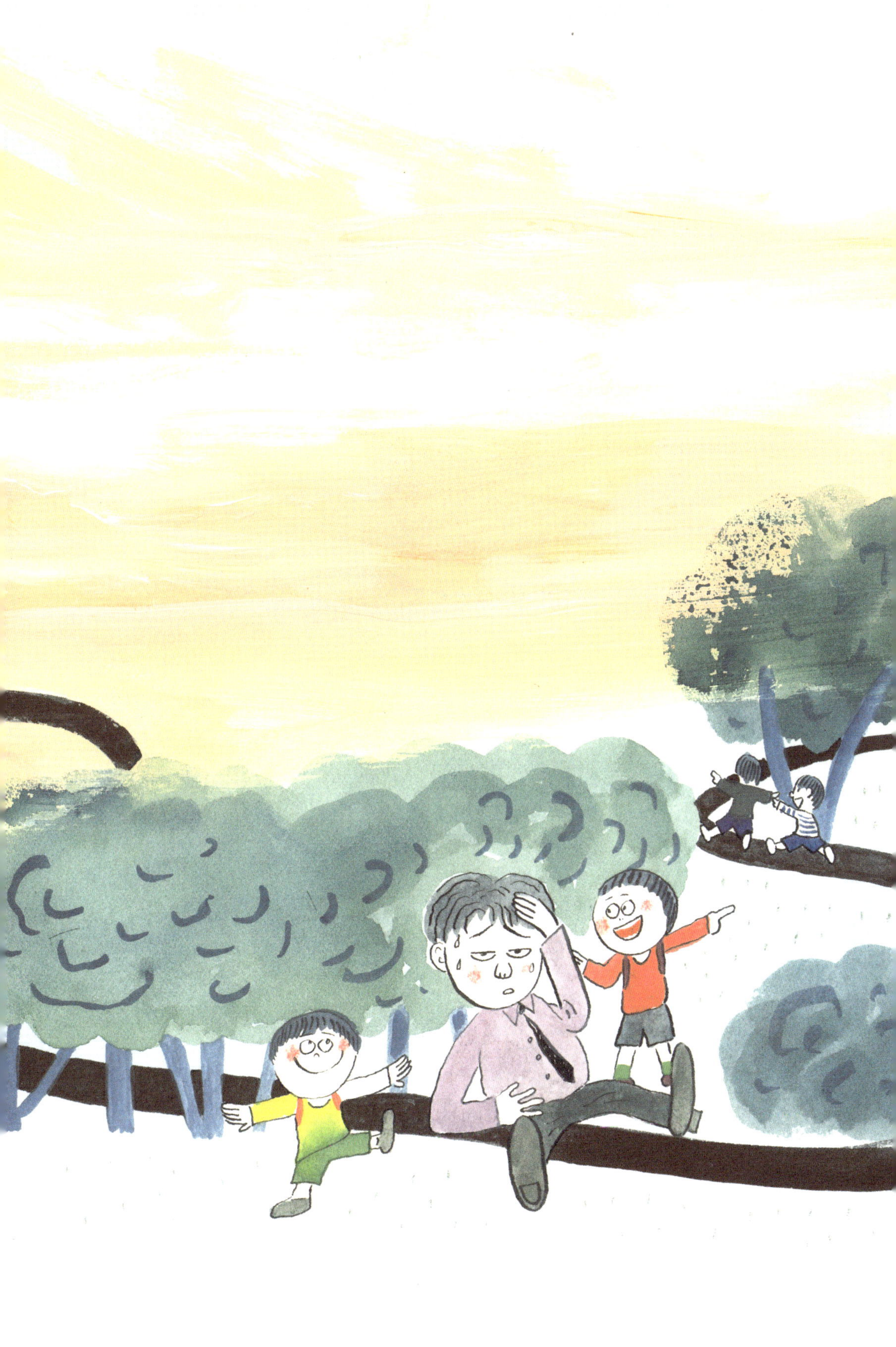

第四章
月小姐

月小姐也是一位魔法师,她经营着一家茶馆。

月小姐的茶馆里只卖一种茶,那就是"圆月茶"。

月小姐提着装满茶杯的篮子,走到后院的荷花池边。

一轮圆月正高高地挂在静谧的夜空中。

在荷花池中,也有一轮圆月正照亮着四周。

"调一杯美味的圆月茶吧。"

月小姐面带微笑，轻轻地把茶盘放在池塘边。然后弯腰坐在岸边慢慢地用茶杯盛起了一轮圆月。

她的动作很轻很轻，因为但凡有一点点抖动，茶水泛起涟漪，就无法调制出完美的圆月茶。

"大功告成！是一杯漂亮的圆月茶！"

月小姐对第一杯圆月茶感到很满意。

当她要调制出第二杯圆月茶的时候，突然有一个黑影从草丛中一闪而过。

"扑通！"

随着一声沉闷的响声，池塘里泛起了涟漪，原本圆圆的月亮顿时变得皱皱巴巴的。

"哎呀！"

月小姐被这突如其来的声音和黑影吓坏了！

原来是一只青蛙！

青蛙把头探出水面，正自由自在地游泳呢。

"你这家伙，赶紧从我的池塘里出去！都怪你，我都没法调出圆月茶了！"

那只青蛙显然没听进去月小姐的训斥。

"如果今晚不把圆月茶调好，这一个月我都没法做生意了！求你了！"月小姐哀求道。

青蛙才不管月小姐做不做得了生意呢，它正自顾自地欢快地游着泳呢！

月小姐虽然是魔法师，但她听不懂青蛙语。

月小姐只会一种魔法——令"人"发笑。

所以，月小姐冲着青蛙使出了自己的看家本领。

呱呱哈哈！

呱呱哈哈！

只见那只青蛙从池水中一脚蹦到岸上,然后捧着自己的肚子开始大笑起来。

呱呱哈哈!

呱呱哈哈!

笑着笑着,青蛙居然在草地上打起了滚。

池水终于恢复了往日的平静。

月小姐微笑着,拿起了空茶杯。

这时,从屋檐下传来了扇动翅膀的声音。

原来是一只灰椋鸟,它看到了在岸边边打滚边发出笑声的青蛙。

月小姐也向灰椋鸟使出了魔法。

扑哧哈哈!

扑哧哈哈!

灰椋鸟也开始捧腹大笑起来，学着青蛙在草地上打起了滚。

这时，突然有什么东西从石墙上跳了下来。

原来是一只猫咪，它看到了在岸边边打滚边大笑的灰椋鸟。

月小姐向猫咪使出了魔法。

猫咪也开始捧腹大笑起来，也学着青蛙和灰椋鸟在草地上打起了滚。

喵喵哈哈!

喵喵哈哈!

呱呱哈哈!

扑哧哈哈!

喵喵哈哈!

呱呱哈哈!

扑哧哈哈!

喵喵哈哈!

青蛙、灰椋鸟和猫咪的笑声回响在寂静的夜空中。

趁这个时候，月小姐终于盛满了所有的茶杯。

然后，月小姐微笑着收回了魔法。

呱呱呱呱！

青蛙扑通一声蹦进了池塘里。

扑哧扑哧！

灰椋鸟扇动着翅膀飞到了房顶。

喵喵喵喵！

猫咪一个跳跃就跳上了石墙。

月小姐端着茶盘回到了房间，禁不住发出了笑声！

哈哈！

圆月
茶馆

圆月茶

哈哈哈

第五章
被复印的苍蝇

印先生出门了,他来到了圆月茶馆。

每隔半个月,住在附近的魔法师们都会来到月小姐的茶馆喝茶聊天。

高先生和曲先生早已先到,正等着印先生呢。

月小姐把自己精心调制的圆月茶端了出来。

"这个月的圆月茶不错啊,颜色金黄金黄的,看着就很好喝!"

魔法师们面带微笑,轻轻地端起茶杯品了一口。

"大家的生意都还好吗？"印先生先问道。

高先生回答道："大家只租不买，但开店还是很有意思！"

曲先生说："香蕉卖得也不怎么好，但没有关系！如果饿了，我可以吃香蕉啊！嗯……香蕉可以生吃，可以烤着吃，可以冻着吃……"

喝完圆月茶，魔法师们的脸上也洋溢着圆圆满满的微笑，心中的烦恼也顿时消失得无影无踪。

他们喜气洋洋地各自回到自己的店铺，约定半个月后有烦恼时再见。

因为，不管是人还是魔法师，烦恼是会随时产生的。

当印先生回到复印店时，新的烦恼正等待着他。

因为，店铺里面有很多很多只苍蝇在盘旋着。

嗡嗡嗡嗡——

苍蝇们扇动着翅膀，发出巨大的嗡嗡声。

"这到底是怎么一回事儿？"印先生惊叫道。

原来，刚才出门时，印先生又忘记了关紧店铺门。

一只苍蝇悄悄地从门缝里进入复印店，然后停在了复印机上面。

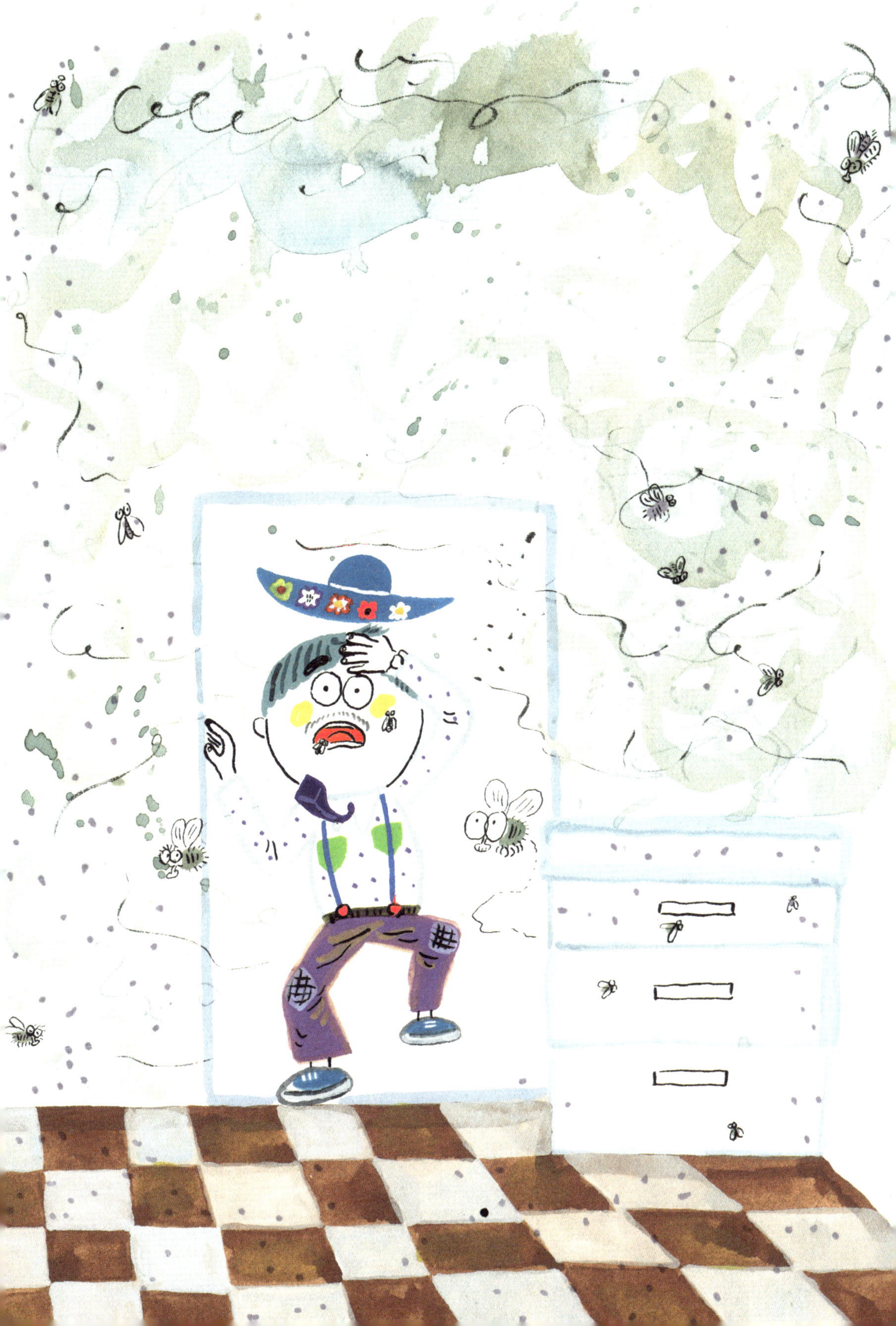

于是复印机开始复印起这只苍蝇：1只变成2只，2只变成4只，4只变成8只，8只变成16只，16只变成32只，32只变成64只……

就这样，等印先生回到店里时，1只苍蝇变成了65536只苍蝇。

超级复印机
每秒可复制10张

印先生急忙关了复印机。

"出大事了！这么多苍蝇该怎么处理啊？如果打开窗户把它们放走，整个城市都会遭殃……"

印先生想了一会儿，然后拿起了电话。

"赶紧都来我家复印店吧，赶紧！"

高先生和曲先生急忙赶了过来。

"这到底是怎么一回事儿？"高先生望着嗡嗡乱飞的苍蝇惊叫道。

"你们难道没有什么好办法吗？"印先生问道。

"我先让苍蝇们保持安静！"

说完曲先生使出魔法，弄弯了苍蝇们的翅膀。

苍蝇们像雨点般唰唰地从空中落下。

魔法师们拿起扫帚扫干净了落在地上的苍蝇，然后装进了大大的纸箱子里。

"怎么办呢？如果放在城市周边，整座城市都

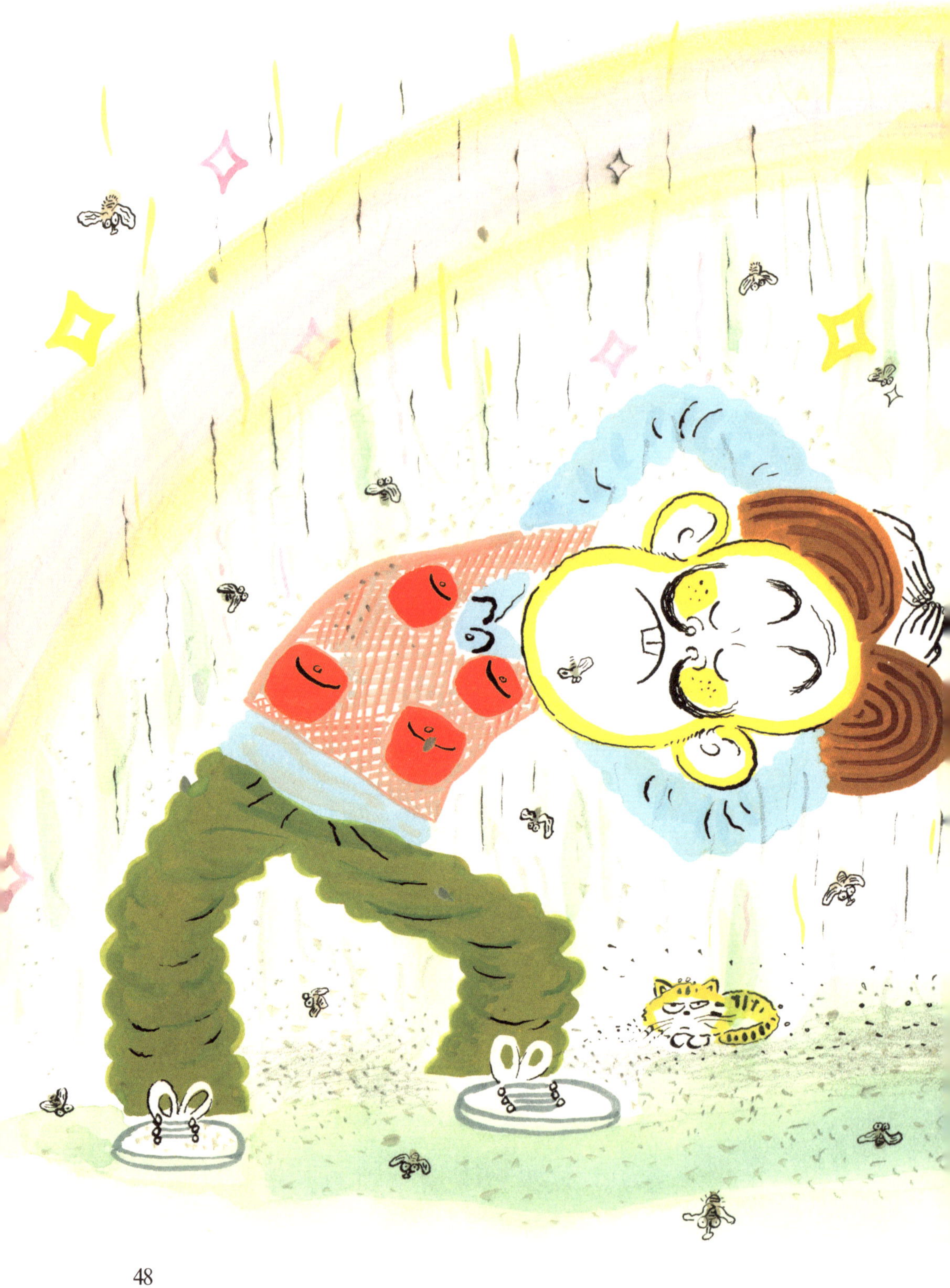

会遭殃的。"

高先生回店里拿了一个紫色的跳跳杆。

"这是一个能跳到任何地方的跳跳杆。"

三位魔法师抬脚上了跳跳杆，然后猛地一弹就飞到了地球另一侧的亚马孙热带雨林。

亚马孙热带雨林可大了。

"这么大的地方，够这些苍蝇生活了！"

曲先生再次施展魔法，弄直了苍蝇们的翅膀。

苍蝇们发出嗡嗡声向亚马孙雨林深处飞去。

第六章
讨厌树木

印先生去了学校。

因为一年级班主任委托他复印一些材料。

进入校门后,印先生顿时目瞪口呆,因为有很多台挖掘机正在将操场周边的大树连根拔除。

印先生走到新上任的校长身边问道:"为什么拔掉那些树呢?"

"因为我讨厌树,我要把这些讨厌的大树都拔掉,然后用水泥把操场抹一遍!"

"那么，孩子们在哪里玩耍呢？"

"学校可是学习的地方，不是玩耍的地方！"

印先生觉得孩子们太可怜了！

当天晚上，印先生悄悄地来到了学校。

空旷的操场上只有一棵树孤零零地站着。

印先生施展魔法，复制起了那棵树，不一会儿，操场周围又恢复了往日的绿意。

"孩子们应该很喜欢吧！"

印先生带着满意的微笑回到了家。

第二天，看到满操场的大树，新校长暴跳如雷："是谁干的？到底是谁把树重新种上的？"

当然，谁都不知道。

校长先生拿起电锯，开始锯印先生复制出来的大树。

嗡！

咔嚓！

巨大的噪声顿时充斥整个校园，孩子们无法读书，也无法唱歌。

可是他们都害怕校长，所以敢怒不敢言。

当天晚上，路过学校的印先生大吃一惊，因为前一天晚上自己种上的大树都被砍光了，正横七竖八地躺在操场上呢。

"真是个'厉害'的校长！"

印先生施展魔法，又把大树全都种上了。

第三天清晨，校长先生大发雷霆："到底是谁？"

当然，谁都不知道这些树是谁连夜种上的。

校长先生开来一台推土机，把新种的树推得

55

一干二净。

看到这个情景，印先生摇摇头说："真是个'厉害'的校长，看来用魔法无法战胜他！"

印先生去了高先生的店铺，跟他说了这几天发生的事情。

"老高，你有没有什么可以对付新校长的妙招呢？"

"当然有！"

高先生给了印先生那个可以跳到任何地方的紫色跳跳杆。

印先生使劲一蹦，跳到了新校长小时候。

印先生看到小时候的新校长在院子里正给小树苗浇水。

"我喜欢你，小树苗，赶紧茁壮成长吧！"小校长跟小树苗说道。

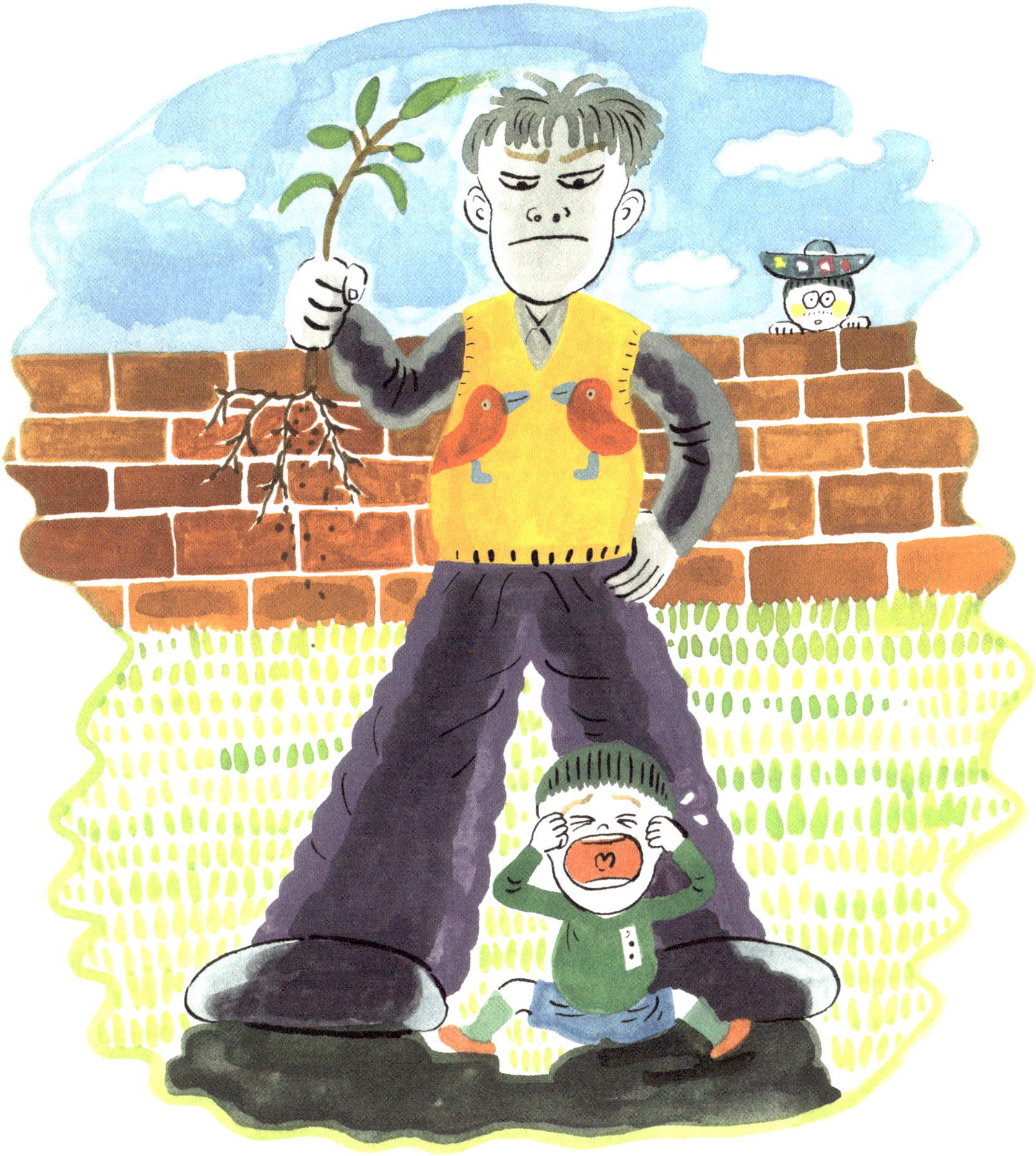

这时小校长的爸爸走了出来，一把拔掉了小树苗，大声训斥道："你在做什么？我讨厌树，还不赶紧都拔掉！"

看到心爱的小树苗被拔，小校长哇哇大哭。

小校长的爸爸高声喊道："不许哭！"

小校长害怕极了，呜咽着可怜巴巴地望着爸爸扔在地上的小树苗。

印先生若有所思地点了点头："原来如此！"

印先生想出了一个好办法，他伸手捡起地上的小树苗，一脚蹦回了高先生的店里。

第四天，校长先生在校长室的前面看到了一棵小树苗。

"这棵小树苗，又是谁种的？"

校长先生顿时火冒三丈。

可是，他突然觉得这棵小树苗很眼熟。

"好像在哪里见过这棵小树苗……"

校长先生终于想起来了。

他终于认出这棵树苗正是自己小时候的玩伴。

校长先生终于明白自己还是喜欢树的。

他打掉覆盖在操场上的水泥,又种上了树苗。

孩子们感到很幸福,因为又可以在操场上玩耍了。

而校长先生呢,一有空就照顾着树苗,嘴里还念叨着:"我喜欢你,小树苗,赶紧茁壮成长吧!"

第七章
喜欢香蕉

两个高个儿男孩和一个矮个儿男孩路过曲先生的香蕉店。

一个高个儿男孩说道:"我给你们买香蕉吃吧。"

他和曲先生说道:"叔叔,我要三根香蕉。"

曲先生给了他们三根香蕉。

他们每人手里拿着一根香蕉走出了店门。

这时,买香蕉的高个儿男孩突然说道:"你们知道吗？香蕉吃多了会变驼背。"

"胡说！"矮个儿男孩说道。

"乱说！"另一个高个儿男孩也跟着说道。

"是真的！"高个儿男孩大声说道，然后瞄了一眼曲先生。

"你们看，店主叔叔不是驼着背吗？"

没错，曲先生驼着背，而且脸还黄黄的。

两个高个儿男孩同时扑哧笑了出来。

觉得害羞的曲先生脸变得"蕉黄蕉黄"的，背也变得更弯了。

"我妈妈说过不能拿别人的'不同'来嘲笑他们！"矮个儿男孩说道。

"就你善良！装什

么好人啊！"

"都给你吃吧！"

两个高个儿男孩把手里的香蕉塞到了矮个儿男孩手里，然后扭头走掉了。

"哼！我妈妈还说过，吃香蕉有益于身体健康呢！"矮个儿男孩边吃香蕉边说道。

第二天，下起了很大的雨。

两个高个儿男孩和一个矮个儿男孩撑着伞路过曲先生的香蕉店。

"真讨厌，怎么下这么大的雨呢？裤子都被打湿了！"一个高个儿男孩发脾气道。

另一个高个儿男孩冲着矮个儿男孩笑道："真羡慕你啊！你个子这么矮，不用担心裤子会湿。"说完，两个高个儿男孩哈哈大笑起来。

矮个儿男孩生气了，圆嘟嘟的小脸变得通红

通红的。

这时突然刮来了一股大风。

孩子们手里的雨伞都翻了过去。

"啊！我的雨伞！"

两个高个儿男孩想把伞面翻过来，但是无论他们怎么使劲儿伞面都一动不动。

这时，矮个儿男孩很轻松地把伞面翻了过来，然后打在头顶上方。

"咦？为什么只有你的伞面可以翻过来？"

"哇！都淋湿了！这该死的雨伞！"

雨下得很大，两个高个儿男孩马上变成了落汤鸡，他们快速向家的方向跑去。

矮个儿男孩冲着他们的背影大喊道："哼！你们不是整天向我炫耀自己个子高吗？这下好了吧？"

然后，他弯腰向曲先生敬了一个礼，因为他

知道是曲先生帮了自己。

曲先生的嘴角微微向上扬了一下。

他的嘴也变成了一条曲线。

第八章
参观店铺

魔法师们生活的这座城市里,有一所学校,学校里有一位严老师,跟小读者们想的一样,严老师的名字叫"严肃"。

每天,严老师的发型都始终保持着一丝不乱,身上的衣服也是板板正正、整整齐齐的。

严老师最受不了散漫和凌乱。

所以,严老师班里的孩子们每天都保持着整洁的状态。

今天是严老师的班级去魔法师们的店铺参观的日子。

他们整齐地排着队走过学校门口的大马路,先来到了印先生的复印店。

严老师一字一顿地说道:"这里是复印的地方。"

然后转身跟印先生说道:"店主叔叔,您能给孩子们演示复印过程吗?"

印先生找来一张纸,在上面写了大大的"复印"俩字,然后放进了复印机里。

嗡——嚓!

复印机发出了嗡嗡声,一道光在眼前闪过后,从复印机的另一端出来了印有"复印"俩字的纸张。

"哇,真厉害!"孩子们欢呼道。

"这是魔法吗?"有一个孩子问道。

"保持安静!我还没说可以提问。"严老师一脸严肃地对那个孩子说道。

那个孩子马上捂住了小嘴。

严老师满意地说道:"很好!这不是魔法,这个只是台复印机而已。"

显然,印先生很不喜欢严老师的解释。

所以,他施展魔法复制出了严老师。

看到两个一模一样的严老师站在面前,孩子们顿时瞠目结舌,说不出一句话。

见到一模一样的人站在自己面前,严老师一点都不感到惊讶,反而说道:"你,怎么穿着皱皱巴巴的衣服?赶紧去烫平!"

被复制出来的严老师满脸通红地说道:"真是对不起,让您看到这样的窘态!"

她边微笑边整理衣服。

"您真是一位好老师!再见了!"说完,被复制出来的严老师仰首挺胸走出了复印店。

严老师对孩子们说道:"大家看到了吧?你们要成长为像她那样时刻保持整洁、有礼貌的大人。"

听完这句话,孩子们主动整理了队列!

严老师带领孩子们来到了高先生的跳跳杆店。

"这里是跳跳杆店。"严老师一脸严肃地说

明道。

"欢迎大家光临！"高先生开心地大声喊道。

"嘘！"严老师把食指贴在唇边提醒高先生保持安静。

高先生被严老师的这一举动吓得愣住了。

"店主叔叔，您可以给我们演示跳跳杆的跳法吗？"严老师对高先生说道。

高先生从货架上拿出几个跳跳杆，兴致勃勃地表演了各种高难度动作。

"好了，大家看到了吧？这些举动是多么傻气、没教养啊！大家以后可不能玩什么跳跳杆啊！"

听完这句话，刚才还兴高采烈的高先生，只好灰头土脸地从跳跳杆上蹦了下来。

严老师带领孩子们来到了香蕉店。

"店主叔叔，您能为孩子们讲讲香蕉的知识

蹦　蹦

吗？"严老师对曲先生说道。

"香蕉是一种水果……可以生吃……可以烤着吃……还可以冷冻……"曲先生磕磕巴巴地讲解道。

"好了，不用接着讲了！"严老师斩钉截铁地打断曲先生说，"同学们，香蕉不好！看看这些香蕉，弯弯曲曲的！你们要记住，竹子才是最好的植物，因为它高挺笔直！大家以后要成长为像竹子那样的人。"

曲先生很不喜欢严老师这么说自己的香蕉，所以偷偷施展魔法，把严老师整整齐齐的头发弄得向上弯曲了。

哈哈哈！

孩子们看到严老师像马鬃那样弯曲的发型，忍不住发出了笑声。

"安静，安静！我不是说过不能大声笑吗？"

听到严老师大声提醒，孩子们都马上闭上了小嘴。

严老师拿出一面小镜子，用梳子把头发整理得比原先还整齐。

严老师带领孩子们去了这次参观活动的最后一

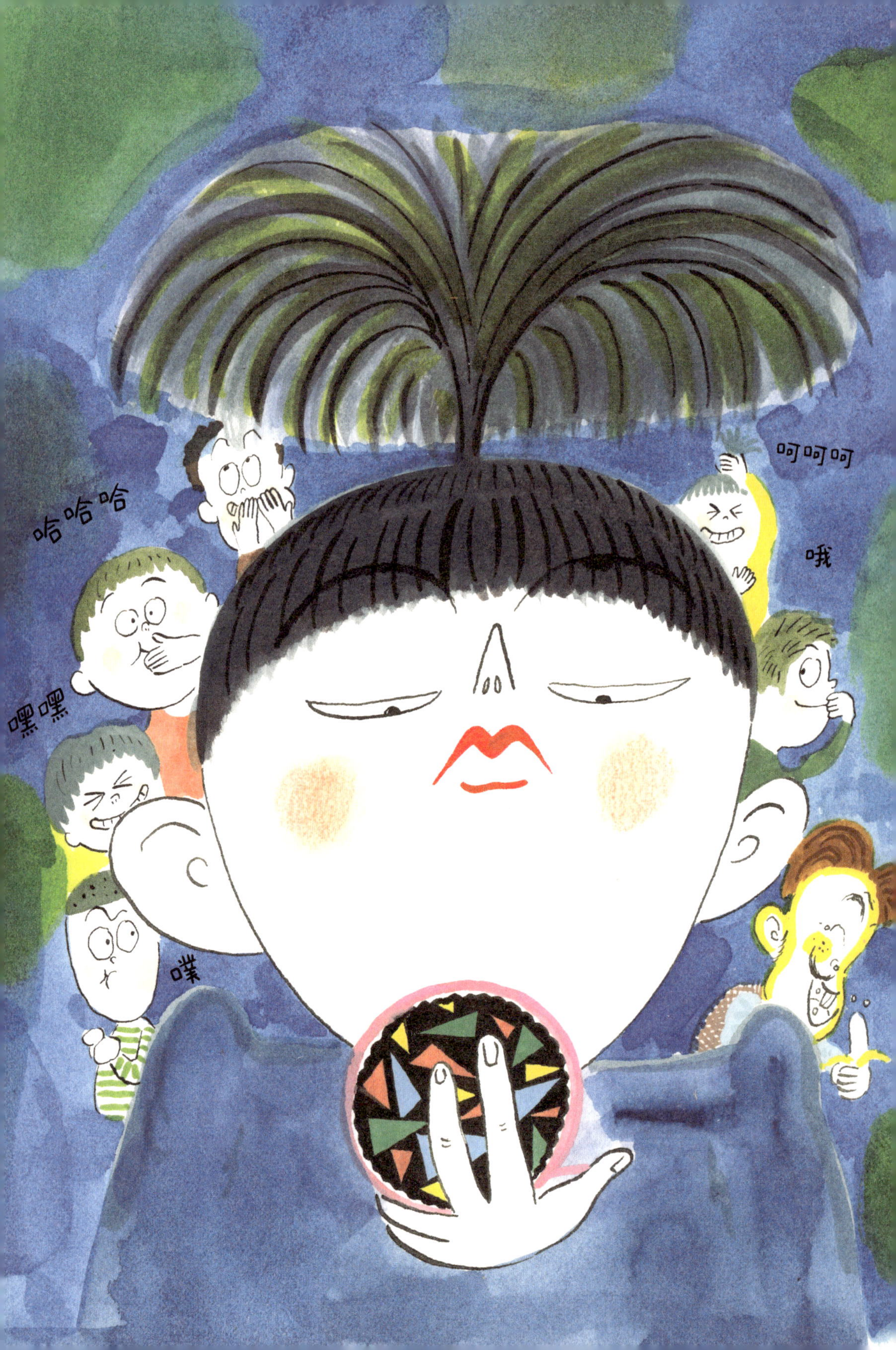
哈哈哈
呵呵呵
哦
嘿嘿
噗

站——圆月茶馆。

月小姐面带微笑迎接了他们："这是我趁满月调制出来的茶。"

严老师面带鄙视的笑容，说道："哈哈哈！您的想象力可真丰富！可是不能欺骗孩子们啊！"

说完，她转头用严肃的语气提醒大家："大家都坐好了，不要发出声音，不要把茶水洒到桌面，更不要沾到嘴边！"

不要沾到嘴边？

这还让孩子们怎么喝啊？

于是，月小姐向严老师施展了魔法。

哈哈！

哈哈！

哈哈！

严老师突然捧腹大笑，然后在地板上打起滚来。

温柔的月光流进了孩子们的身体里。

圆月茶里的月光比浮云更轻，比星光更朦胧，比鲜花更香喷喷。

喝完，孩子们的脸上浮现出了暖黄色的微笑。

月小姐停止了魔法。

严老师好不容易站起了身。

她的头发乱糟糟的，衣服皱巴巴的，走路还东倒西歪的。

严老师满脸都是惊慌的神色，辩解道："对不起！平时我可不是这种人，让别人看到我这么丢人的样子……"

"没关系！"月小姐面带微笑，温柔地和严老师说，"请您品尝我的圆月茶，喝完心情会变好的。"

严老师接过茶杯抿了一口。

温柔的月光顿时流进了严老师的身体里，严老师的脸上浮现出了圆满的、暖黄色的微笑。

严老师要带领孩子们返校了。

在回来的路上，队伍有些不整齐，有些孩子交头接耳，还东张西望，可是严老师却没有再大声提醒大家。

因为，她的身体里还残留着温柔的月光。

作者的话

现在，我们再也见不到魔法师了。

可是，谁会知道呢？

没准儿我们的邻居正是一位魔法师，在不知不觉中，他正悄悄施展着魔法呢。

小区周围的面包店里卖的奶油面包，只要吃上一口，不是就能让你心情大好吗？

谁知道那块奶油面包是不是融入了魔法师的魔法呢。

还有，

能让你顿时光芒四射的美发店，

能让你元气满满的鱼丸店，

能让你无法停止阅读的书店，

想让你把玩具都搬回家的玩具店……

谁会知道呢？

没准儿那些善良的魔法师们正悄悄地帮助大家呢。

如果遇到这些魔法师，

也不要问："您是一位魔法师吧？"

谁知道他是不是一位害羞的魔法师呢。

所以，你只需要向他敬礼，或者眨眨眼就可以了。

谁会知道呢？

魔法师们也会对着你微笑。

所以，谁会知道呢？

许佳岚

2019 年

图书在版编目（CIP）数据

我的邻居是魔法师 /（韩）许佳岚著；（韩）金理祚绘；千日译. -- 北京：中信出版社，2022.1（2022.6 重印）
ISBN 978-7-5217-3758-5

Ⅰ.①我… Ⅱ.①许… ②金… ③千… Ⅲ.①儿童小说 - 中篇小说 - 韩国 - 现代 Ⅳ.① I312.684

中国版本图书馆 CIP 数据核字 (2021) 第 225491 号

이웃집 마법사
Text copyright © 2019 by Huh Garam
Illustration copyright © 2019 by Kim I Jo
All rights reserved.
Originally published in Korea by Changbi Publishers, Inc.
This Simplified Chinese edition was published by CITIC Press Corporation in 2022 by arrangement with Changbi Publishers, Inc. through Arui SHIN Agency & Qiantaiyang Cultural Development (Beijing) Co., Ltd..
All rights reserved.

本书仅限中国大陆地区发行销售

我的邻居是魔法师

著　　者：[韩] 许佳岚
绘　　者：[韩] 金理祚
译　　者：千日
出版发行：中信出版集团股份有限公司
　　　　　（北京市朝阳区惠新东街甲4号富盛大厦2座　邮编　100029）
承 印 者：北京中科印刷有限公司

开　　本：720mm×970mm　1/16　　印　张：5.25　　字　数：56千字
版　　次：2022年1月第1版　　　　　印　次：2022年6月第2次印刷
京权图字：01-2021-5640
书　　号：ISBN 978-7-5217-3758-5
定　　价：29.80元

出　　品：中信儿童书店
图书策划：将将书坊　　　　　策划编辑：张钰
责任编辑：孙婧媛　　　　　　营销编辑：张琛　　　　　封面设计：周宴冰

版权所有·侵权必究
如有印刷、装订问题，本公司负责调换。
服务热线：400-600-8099
投稿邮箱：author@citicpub.com